ESTANCA

Lia Miranda

coordenador editorial: Sálvio Nienkötter
editor executivo: Raul K. Souza
capa e editoração: Isadora M. Castro Custódio
foto da capa: Fernando Tatagiba
foto da autora: Carla Soares
ilustrações: Valter Gonçalves Jr.
revisão: Rafael Gazzola
produção: Cristiane Nienkötter

Dados Internacionais de Catalogação na Publicação (CIP)
Angélica Ilacqua CRB-8/7057

Miranda, Lia
Estanca / Lia Miranda. -- Curitiba :
Kotter Editorial, 2019.
146 p.

ISBN 978-65-80103-73-7

1. Poesia brasileira I. Título

19-2593

CDD B869.1

Kotter Editorial
Rua das Cerejeiras, 194
82700-510 | Curitiba/PR
+55 41 3585-5161

2019

Para Sara, Marta e Rita
memória tátil.

Sumário

Tinta e terra

Em mim, tanto faz meu coração ou estômago,
já que nem pra rezar eu sei partir-me
(A.P.)

A paineira, quando chove, enche o bucho d'água. Fica toda estriada, direitinho mulher prenha. É por isso que a chamam de barriguda.

+

Água. O conforto do útero, a voz de Deus.
A seca me assombra.

A seca me ensinou a olhar o céu.

Então era preciso escolher: escrever ou lavar a louça. Pra ser grande, tinha que abandonar as trivialidades da vida – justo essas trivialidades que são o único que mantém o mundo andando, que põem a comida fresca e bem temperada no prato, que impedem que as baratas se acumulem nos vãos dos armários, que o jardim definhe, que os dentes apodreçam. Essas trivialidades pelas quais nos amamos, porque estão perto e nos aproximam. Eu amava as tarefas pequenas, dessas de se fazerem ajoelhada ou de cócoras. Esfregar o cabelo das crianças, sentadas na bacia. Eu amava o chão.

E era bem do chão que eu ia falar, porque eu não ia deixar que outros me escrevessem. Outros que não podiam ficar de quatro ou sujar os pés de areia. Era preciso fazer os dois. Então eu escrevia nas brechas, nos retalhos do tempo.

+

Sofro da abstinência de escrever
mas sábado trabalhei a terra.

Meus pés sujos de terra e areia fina. Rudes, grossos, cascudos. Penso em lavá-los, desisto.

Acabo de ir à cozinha, a empregada descasca o inhame ingentil. Casca grossa, mais que meus pés, fiaposa. Quando sai, a carne branca urtica as mãos. Suas mãos, meus pés.

Guardo os pés sujos, mas escrevo. E estou em casa.

Na poesia, me agradam mais os objetos que as flores,
embora cultive mil plantas em minha varanda.

+

"Mamãe,
gosto quando a grama nasce
nas rachaduras da calçada."

+

Ela desenhava com o dedo na garrafa de água gelada

a grama branca de orvalho.

Queria me deixar, preguiçosamente, a arrancar folhinhas secas e procurar cochonilhas no jardim.

Troquei tudo pelas crianças. Era bom estar com elas, era bom tê-las. As desgraças em volta não faziam sentido. Às vezes o medo desaparecia completamente, virava uma fé cega, e eu sabia que tudo estaria bem.

Gostava de ver a terra debaixo da unha. Minha mãe achava um horror. Que usasse luvas. Mas eu gostava de botar a mão na terra. Elas também, gostavam de brincar com as minhocas.

+

O aniquilamento da criança é uma questão ecológica. Entendi isso lendo Manoel de Barros.

Quando elas eram bebês, meu sucesso se media na balança do pediatra. Tudo o que fosse instintivo, animal, era fácil. Um seio vazando me guiava.

Depois, vieram os momentos de ruptura emocional iminente, e eu não sabia o que fazer. Não era mais capaz de compreendê-las simbioticamente. Elas tinham virado o outro.

Foi preciso recomeçar. Sair de uma relação unilateral para uma parceria, um amor que vem e vai. E assim elas vão, aos poucos, se tornando a vida fora de mim.

Quando o ar está embotado pela poeira muito fina que se desprega das falhas da grama esturricada, vou ao mercado comprar plantas. E chove em maio.

+

Ouço os piares vários das aves várias. O vento move um ramo de Leucena que penetra minhas grades, no sexto andar. É uma árvore malquista, que produz milhões de sementes e enraíza-se nas profundezas.

A vida passa por mim.

Os pássaros cantam, a chaleira ferve na cozinha e o sol banha as suculentas que tenho no parapeito. Um cacto dá uma minúscula flor vermelho-rosada, parecida ao sexo masculino. Aqui é alto, mas às vezes as borboletas chegam. Descanso os olhos no azul do céu.

Ana de maiô.
As pernas perfeitas, perfeitas as nádegas
perfeita toda ela.
Os cabelos bicolores, de raízes quase negras
e pontas amarelas, queimadas pelo sol.
Fotografamos tanto as crianças que esquecemos
de escrevê-las.

Só acreditamos no que os olhos veem. Mas os olhos apenas veem os resultados da forma como vivemos, e a forma como vivemos não é inevitável.

Vi uma criança brincando com um guepardo. *Tippi d'Afrique*, a menina-Mogli. Os animais podem falar, mas somente sob determinadas condições.

Acreditamos no que acontece, no que sempre aconteceu. Mas o que *é* são possibilidades.

A verdade é uma possibilidade que ainda poucos viram.

+

Minha filha de vermelho
é linda.

Manga suculenta, cheirosa, regada de chuva. Cai na areia do parquinho, a gente cata na hora, come lá mesmo, se lambuzando.

"Só mais cinco minutos!". Elas param pra balançar mais um pouquinho. Penso em chamar, mas elas cantam:

Minha jangada vai sair pro mar
vou trabalhar, meu bem querer
se Deus quiser quando eu voltar do mar
um peixe bom eu vou trazer.
Meus companheiros também vão voltar
e a Deus do céu vamos agradecer.

Elas ganham mais cinco minutos. Espero, gostando.

Amor,

Passo o tempo a abrir e fechar janelas. As chuvas às vezes não duram mais que cinco minutos, mas caem pingos grandes que ricocheteam no parapeito e molham até a louça. Depois vem o calor, abro-as todas novamente.

Muita água esses dias. Na minha vida, dentro e fora da minha casa. Ontem quebrei o cano da torneira da área de serviço. Tivesse sido um dia antes, você estaria aqui. Eu ia baixar o varal, a corda deve ter escapado da minha mão, ele caiu, pesado, sobre a torneira.

Derrubo as coisas. Tudo parece estar precariamente equilibrado, deslizando milímetros por hora até colapsar. Cai o manjericão, grande demais para o vento da janela. Cai o varal, pesado demais pra minha mão trêmula. Cai o *tupperware* onde eu guardo as folhas, que lavei e deixei escorrendo no varal menor. E os baldes, e bato o joelho, a canela contra as quinas.

Molhada da cabeça aos pés, um absorvente úmido entre as pernas, a camisa branca transparente, como se alguém estivesse me olhando.

Sinto medo, mas as crianças viram de ponta-cabeça, riem e falam coisas sem sentido. Não são mestres de seu destino, mas confiam em mim e são felizes.

+

Carrego as crianças, caminho devagar.

Eles não tinham de lavar roupa, ir à feira, passar fio dental nas crianças, preparar o lanche da escola. Nem trabalhar quarenta horas por semana, e mais o trânsito e o horário de almoço. Era assim que eles ficavam eruditos. Eu achava que podia ser igual a eles, com as cenouras e tudo. Porque as crianças gostavam da cenoura em tiras finas, rodelas não, e dava muito trabalho cortar todo dia dez cenouras em tiras finas.

Então me ocorreu que uma criadagem podia me fazer erudita. Elas no trabalho braçal, eu no intelectual. Então eu poderia escrever ensaios, tratados, romances condenando a desigualdade social e a alienação do trabalho.

Só que a erudição não pagava tanto pra sustentar a criadagem. Ainda bem. Porque eu só não queria ficar igual ao Rousseau, que escreveu sobre educação e doou os cinco filhos pra roda.

+

Eu era uma péssima estrategista, era isso.

A mão amassa a massa do pão,
pensando nele.
O pão, ele come.
A mão, ele ama.

+

O sol dividia o céu com as nuvens pesadas. Na pele, ardia. "Sol de chuva", ouvi alguém dizer. E logo começaram a cair os pingos, pesados, brilhando pérolas ensolaradas. Margarida corria pelo jardim, pisava a grama proibida, escalava as tampas de esgoto, a boca aberta pro ar, bebia a chuva, impossível.

E eu, que planejava tristeza pra hoje!

+

Da janela, vejo os relâmpagos colorindo de luz as nuvens. É lindo.

Hoje choveu de repente.

Não encontro nada que jogar fora, e no entanto me transbordam as gavetas, os armários, as estantes, o cérebro.

Passear com as crianças depois da chuva. Respiro.

+

Vi um tucano atravessando a EPIA, sozinho. Tive pena.

[Anunciação]

Eu sou o ipê a florar na seca
o juá sempre verde,
o jucá.
Sou da palmatória o espinho
e a flor encarnada.
Eu sou a palmatória feia
a matar a sede ao gado moribundo,
a enfeitar o ermo
dividindo com o crânio dos bois
a terra estéril.
Eu sou a lebre dos bosques
a se multiplicar para os lobos
e a vencê-los sempre, pelo número.
Eu sou os vermes da terra
a quem todos têm asco, mas que fecundam
a terra.
Eu sou a terra.
Eu sou o formigueiro teimoso
que esconde em seu seio a rainha
e no inverno parece que morreu.
Depois da chuva, sobem do chão
as saúvas vermelhas, ávidas de vida,
cavando trilhas no mato alto.
Eu sou caju, a dar na areia
zombando da lacraia e da cobra preta.

Sou o bebedouro salobro
que o gado partilha com as arribações.
Eu sou o sexo sobre o entulho,
os joelhos rotos de pisar o chão,
o estômago mareado do jejum,
a água morna e salgada a enxaguar a louça suja.
Eu sou o fícus a estraçalhar o asfalto, os canos,
buscando água no abismo.
Eu sou a semente que dorme
desde antes do homem.
Sou o ovo do dodô,
do kakapo,
da ararinha azul.
Sou o sêmen da baleia azul
nadando entre embalagens plásticas.
Eu sou a escrava da esperança,
a gana de seguir sempre,
sou a pirraça.
Eu sou o leite e o sangue,
a carne e o vinho,
o pão dormido.

Eu sou aquela que espera a chuva,
eternamente.

Caminho, e diante de mim só vejo
areia, areia, areia
e sobre ela o sol me cega.

+

Quando piores estão as coisas, sinto um ímpeto irresistível de continuar. Reagir. E gerar mais um filho.

Tinta e trinta

...também pôs a Eternidade no coração do homem...
(Ec. 3:11)

32

calcinhas mais altas,
alcinhas mais grossas.

+

Meu pai não achava que música, literatura, arte fossem profissões sérias. Que servissem de passatempo, mas se alimentar disso, nunca.

+

Escrevo primeiro pra gaveta, pra escuridão. Merda fresca é praga; merda curtida é adubo do bom. Escrevo pra curtir.

+

Aqui é meu purgatório, onde venho purgar o preso no ventre,
o peso do ventre
vazio.

Minhas carnes transbordam, mas ele ainda me quer
o sexo sujo de borra marrom.

+

Eu precisava era chorar o texto para entendê-lo. Viver o texto pela água dos olhos.

+

Mamãe conta, eu era pequena, feri forte o dedo. Enquanto me costuravam, chorava e dizia que queria ser um ladrão. “Meu amor, ladrão também sente dor”. Então eu queria ser um cachorro, mas cachorro também sentia dor.

Lição da primeira infância: todos doem, e não adianta virar nada.

A TPM é, todo mês, a dor de não estar grávida.

+

A esperança se esconde em alguma furna, mas estou cansada. Chamo ele pra chorar comigo. Quente e molhado.

Faço mecanicamente as tarefas do dia a dia, o lanche das crianças, a mochila da natação. As três soltas pela casa, rabisco.

As férias sempre acabam. Cinco dias inúteis, só dois úteis.

+

Amor,

Queria ficar. Queria pra sempre uma aula de cinema, você me acariciando a nuca. O tempo vai deixando tudo longe, só pra gente observar. Crescer dói horrores, e parece que nunca acaba.

Emprestei esta frase ao Carpeaux, modificando-a à minha maneira: "detesto a vitalidade arrogante das coisas úteis".

+

Me descomponho, me recomponho.
Sempre de outro jeito
nem sempre melhor.
Talvez nem sempre
recomposta.

+

Roma, cidade aberta. Pouco antes de ser assassinada, Pina, sentada na escadaria de seu prédio, reclina a cabeça no ombro do noivo e diz: "*Sono stanca*".

E isso vou repetindo o tempo todo. Estou cansada, estou cansada, estou cansada, cansada...

Estanco em cima, estanco embaixo.
Embaixo, vermelha
em cima, salgada.

+

Ele me comunica, tranquilo, as notícias mais escabrosas, e não consigo digerir sua calma. Leva o *Paraíso Perdido* em uma mão, Matthew Henry na outra.

— E se um trem da Gestapo parasse aqui, agora, pra nos levar?
— É ligeiramente diferente.
— Ligeiramente. Antes era "totalmente". Agora é só ligeiramente, admita.
— Eu estava sendo irônico.

Sou péssima para captar ironias. Sigo achando que a diferença é apenas ligeira.

— Todo mundo é inimigo.
— Também não precisa ser tão amarga.

Eu chorava, enquanto varria os grãos de arroz e lentilha. "Também não precisa ser tão amarga".

O amor dele me comove. Como quando fazemos sexo.

Às vezes sinto que preciso sacudi-lo para movê-lo. E sacudo-o em excesso. Não sei como aguenta.

Amarga.

Desde quando? Ordenar as lembranças dá trabalho. Cansa. E estou cansada demais para recordar.

Viver é sem parar. Enquanto vivo, os monstros se me vão formando na cabeça sem que eu tenha pausas para despejá-los aqui.

Tento recordar aquele sonho das flores. Era uma árvore florida, lembrava um pé de jasmim. As flores cintilavam como se fossem pisca-piscas de natal, mas eram as gotas de orvalho. E havia uma casa de vidro.

Às vezes me sinto feitinho adolescente. Aquela solidão no meio da toda a gente. Como quando eu tinha 12, 13 anos. As multidões, coisa de cidade. Nunca vivi outra coisa, e no entanto sinto uma falta danada desse lugar de onde nunca fui. Um lugar para onde as mães querem mandar os filhos, aquele tal mundo-melhor.
Ele me interrompe o delírio. Fala das meninas, e essas frases preciosas vão se perdendo no ar, nem ouço.

+

Ela ficou sozinha no recreio
porque sabia Lobato, Astrid Lindgren, C.S. Lewis
mas não sabia despacito.
Arregalava os olhos de madrugada
meio dormida, meio acordada
agitava as mãos dizendo
sou muito pequena, muito pesada
meus dedos são finos demais.
Tremia.
"Não gosto da minha vida."
De nada serviu comprar o DVD da Frozen
A literatura a tinha mordido
incurável.

Quando comecei a querer namorar, entendi o modelo da mulher que não incomoda. Ser para agradar.

Me enche, que eu te deixo
não tente me mudar
não me pressione
não me cobre.

Rápido desloquei minha humildade a quem merecia, e mandei o resto pro inferno.

+

Às vezes o silêncio me tomava conta, e era um calar fácil. No resto do tempo, como era duro segurar o verbo. No silêncio eu descansava.

Quando era pequena, vi à noite, no banheiro, um par de baratas unidas pela culatra. Era correr a pegar a chinela, de nojo das criaturinhas dos esgotos que da cópula sairiam.

+

Eu tinha uma ideia de romance: um dia, a humanidade sumia. Sobrávamos só eu, ele e as crianças. Despertávamos como de hábito e estranhávamos o silêncio, imenso mais que o domingo. Parecia que as aves cantavam mais, e os cães uivavam.

Vestíamos as meninas com a mesma pressa de sempre, arrumávamos lancheiras, mochilas, tomávamos café, escovávamos os dentes. Do hall do elevador, escutávamos as calopsitas da vizinha: "Oi! Oi!".

Lá embaixo, não havia porteiro. Na garagem, todos os carros em suas vagas. As meninas reparavam. Perguntavam. E o pai não sabia.

A rua deserta. Das janelas dos prédios ouviam-se os cães latindo, conversando a distância, pedindo socorro. Ninguém, eu dizia, não havia mais ninguém. Nenhum carro em movimento, o comércio fechado, os cães em desespero, trancados em casa.

As meninas, sentindo nosso choque, começavam a miar, a brigar, eu me irritava.

Decidíamos sair os cinco a pé, a procurar gente viva. Caminhávamos sem saber o que dizer, percorrendo as mesmas calçadas que frequentávamos nas tardes livres. Tudo igual, por enquanto. As hortas nos jardins dos prédios, as curicacas, as maritacas. Mas os latidos cresciam, se tornavam insuportáveis. Uma hora cessariam, pensei, e então o cheiro de cadáver estaria por toda parte. Estremeci. Não podíamos soltar esses cachorros? Eram muitos, e as portas trancadas. Como viveríamos ao lado desses defuntos? Ele não sabia. Achava que era cedo pra pensar nisso. Que de repente tudo voltaria ao normal. Um sonho, um delírio.

(Você quer coisas reais. Eu quero coisas eternas).

+

Achava que era barulho de trovão, mas era só o caminhão de lixo virando um conteiner.

Vida miserável.

+

Então amadurecer era enfrentar as coisas. Aniquilar aquela timidez medrosa e erguer a fronte.

Não gostei.

Era preciso saber escrever para ser ouvido. E era preciso ser ouvido para ser amado. Imitava ridiculamente os mestres, sem saber imitar direito.

Então eu também tinha dessas vaidades.

+

Eu tinha quase tudo para ser uma especialista. Faltava-me a cara de pau.

Meu poema não tem arquiteto.
Vou erguendo meu barraco como os ocupantes da estrutural
não aprendi equilíbrio, proporção,
decoração, harmonia.
Reboco é para os intelectuais.
Lastimo minha pouca inteligência
mas minha ignorância apenas incompleta
impede a paz de que gozam os inocentes.

Discute-se literatura em degustação de cachaças *gourmet.*
Os celulares dos maridos estão cheios de putas,
                                                                                    coitadas
putas, livros, cachaça
tenho gana de decepar essas mãos punheteiras.
Quando chove,
o pinga-pinga nas panelas não me deixa dormir.
Vou ali comprar uma pinga barata
e gozar com meu homem
feito bicho que não tem polegar opositor
nem telencéfalo desenvolvido.

Tudo é úmido
e o colchão mole tem catinga a mofo.

Quando saí do sol, vi o que é ter medo de não chegar, de perder. Acomodei-me no lugar do outro e me senti viva como nunca.

Só quem é vivo teme a fome.

+

Debaixo da capa do sucesso tem uma pessoa. Ela come compulsivamente, tem insônia, vertigem. Uma casa vazia, uma solidão que não cabe entre as paredes, que tenta transbordar pelas janelas, mas as janelas estão fechadas. E o deleite abominável ao ver que aquele maior que eu é um miserável.

Devo lavar-me de toda essa imundície, lavar-me com a água doce-salgada que me sai dos olhos, com soluços, com uma pressão insuportável no peito.

Com as mãos em concha, queria levar-lhes toda essa dor. Que pra eles é uma rocha, envergando a cerviz. Nas minhas mãos, seria uma minúscula ave, encolhida.

Queria ter a sabedoria dos que se calam. É preciso saber quando sair da concha, e jamais jogar a concha fora, porque o corpo é de lesma, mole e sem carapaça.

+

A autoridade pesava sobre mim, e a exaustão tomava conta do meu corpo.

+

Parei de discutir porque não soube lidar com a lógica virada. O absurdo se tornou convincente demais.

Devotei-me ao silêncio.

Perplexa diante dos discursos, à deriva num mar de axiomas, dogmas, doutrinas, que se quebravam como ondas sobre mim.

Engulo sal. Me dê a mão.

Ia ter um dilúvio
e eu ia sair navegando na arca.

+

Levava nos ombros toda a responsabilidade pelo destino da humanidade. Se eu pecasse, nunca mais choveria. Se eu jejuasse, talvez os poderosos se arrependessem. Impossível passar um dia sem chorar. Mas era uma missão.

Quando eu era adolescente, minha mãe me dizia: “Ainda bem que você não nasceu no tempo da ditadura”. Todo aquele ativismo, eu seria presa.

Minha mãe estava errada.

E eu, calada.

+

Natal em 3 Corações

Praça.
O papai noel miserável no coreto
os mórmons pregando o evangelho aos mendigos.

+

Não me esperem pra revolução
vou ficar aqui chorando.

Não nasci pra ganhar dinheiro. Talvez por não gostar de troca, e preferir sempre o favor imerecido — a graça. Então eu trabalhava de graça. E trabalhava como um jumento, mas feliz, porque a paga me cheirava a grilhão. Curioso, porque justamente os grilhetas é que trabalhavam de graça.

Ou fosse a ojeriza ao ponto. Meu tempo, eu não vendia. Me condenei a ser eternamente amadora, eternamente estudante, estagiária, aprendiz — só pra não bater ponto. E só me defini numa carreira quando já era tarde demais para seguir flanando. Eu gostava era de flanar.

Foi daí que me escorei, como dizem, no marido. E fui ser feliz, esfregando borralheiramente os fundilhos das calças das crianças.

O extremo amor me embaraça o escrever sobre ele. Vejo cenas no escuro, mãos e língua deslizando pelo meu corpo. Vejo à luz do abajur seu olhar concentrado sobre um livro, os óculos grossos, as pálpebras apertadas, forçando-lhe a visão. Ele está perto demais. Impossível continuar.

Preciso descansar, calar-me e calar tudo em volta. Deitar no seu colo, sentir seus dedos brincarem entre meus cabelos. Deixar você me amar em silêncio, lentamente. Deixar entrar a semente, deixá-la inchar-me o ventre.

Ainda uma vez sentir os seios me transbordarem os sutiãs. As narinas se dilatarem, a aliança me apertar o dedo, as bochechas adolescerem. Depois, a criatura escorregadia de vérnix e sangue no colo. Recanto do céu, sombra do Hades.

+

Tenho preguiça. Que ele me procure,
me sonde, me desperte.
Que insista, apesar do meu cansaço.
Me fecunde.

Nele me santifico.

As lembranças que tenho de ti são um anti-trauma. Alguns gestos são o que fazem a imagem de um amante. Quando esses gestos voltam, te reconheço.

+

Tecia para nós um paraíso. Uma casa em um lugar onde a noite fosse silenciosa e brilhassem só os luminares do Éden, e onde eu tivesse uma caixa d'água só pra mim. O bucho livre pra inchar-se quantas vezes eu desejasse, os quadris prontos para se abrirem pelo hábito. O leite jorrando sempre, sempre um chorinho na madrugada, sempre um cheiro inebriante da cria nova. Os moleques correndo de pé no chão, trepando nas fruteiras, nadando pelados no córrego. E ninguém precisasse escovar os dentes.

Lá a horta ia beber água do céu, porque todos os dias Deus ia olhar pra nós. Essa era minha invenção. Era minha Canaã.

Entretanto, eu vivia numa coisa entre o Egito e a Babilônia. Desprezava a torneira aberta dos vizinhos, os vadios palrando lá embaixo, a reforma ridícula do pilotis.

Aqui dentro, éramos humanamente imperfeitos. O cansaço nos fazia levantar a voz uns contra os outros, elas reagiam em gritos e lágrimas. Mas isso era só um pedacinho.

O resto assustava como o paraíso, porque ele era perfeito, e a gargalhada das crianças tinha som de céu.

Às vezes resolvo ficar bonita, fazer as unhas, as sobrancelhas, gastar dinheiro com roupa nova. Mas saio de casa sem brincos e esqueço de me maquiar.

Minha exuberância é nua, coberta por um corpo de homem.

+

Queria tomar uma cerveja
mas preciso perder três quilos
e não sei comemorar sem culpa.
As curicacas têm as pernas bem vermelhas
mas de longe não se notam
de longe, elas podiam ser urubus
não fosse pelo bico fino.
Um folhado de queijo custa sete e cinquenta
e o enroladinho na escola só três.
Sete e cinquenta elas dormem, porque preciso
namorar, ver filme, tomar vinho,
mas sem risoto, por causa dos quilos.

+

Vou fazer jejum na quinta-feira
só pra comer risoto na sexta.

As caravelas eram pra chegar aos novos e necessários mundos, dos quais se fizessem quintais, depósitos, aterros sanitários. Eram tantos, tão vastos, quase infinitos. O homem deu a volta ao mundo, retornando ao princípio. Tudo estava conquistado. Não existia mais onde se jogar nada fora. Não existia fora. O mundo tinha um fim.

Eu respeitava o mar. Era o caos que se não devia atravessar.

Sentada na areia, deixo a arrebentação me lamber os pés e creio no infinito.

+

É maio, e chove, continuamente. A esperança me enche o ventre, sinto gana de continuar.

Tinta e sangue

Meu Deus, por que me abandonaste
se sabias que eu não era Deus
se sabias que eu era fraco.
(C.D.A.)

A poesia não tem o temor das metáforas.
Pois devia ter.
Vão me chamar de mística
mas meu verbo tem o horrível hábito de se cumprir.

Eu abortava todo o meu verbo
pra ter de volta os meus filhos.

+

Melhor escrever só o que já foi
a ema geme
o poema é mau agouro.

As horas antes do trabalho se pegam irremediavelmente à memória. O pão comprado na véspera, o passeio no parque com as crianças. As contrações espaçadas, passadas com dança. As contrações mais próximas, mais fortes, que eu cantava. E o canto que se deformava mais a cada onda, e as palavras que iam sumindo, e uma vocalização bestial, celestial. Havia espadas, línguas de fogo, asas, querubins cuja face não se via sob a luz que resplandeciam. E a morte, sempre à espreita, a tudo assistia, impotente.

O corpo se contrai, involuntariamente. Se aquele sacro já foi antes atravessado, o corpo sabe mais, e controla. De pé, as ondas vêm mais bravas.

Um corpo dentro de um corpo, um'alma dentro d'alma, dentro d'água. E o corpo de fora entra n'água, que acalma a contração. A bacia relaxa, abre-se. A criança desce.

A cabeça rígida, peluda, minúscula se faz sentir na vulva. Apalpo-a.

Já não são gemidos, são urros, gritos de torturado. Mas é só o que se permite à morte. A mulher sairá incólume, a criança nascerá rosada, vigorosa.

Tira-se a vida da boca da morte.

As crianças crescem,
o mundo não dói.
Doem os seios murchos, o ventre liso
e a ideia impossível
de outro filho.

+

Não enxugo as lágrimas. Gosto de senti-las no rosto.

O amor imenso por aquelas pessoas imperfeitas e santas me botou perplexa. Queria desespero, e elas eram esperança. Não entendia tanta bondade pra cima de mim. Senti então que era hora de dar de beber às plantas, que agonizavam estiagem. A água delas era doce. A minha, salgada.

+

Lutei contra a morte, e perdi.

Buraco negro.

+

Deve ser que eu levava o poema muito a sério. Levava tudo a sério.

Perdi minha aliança. Prática, penso no dinheiro.

Detesto perder as coisas. Me afligem os desaparecimentos, preciso dos cadáveres. Até hoje, quando caminho pela calçada onde ela deve ter caído, não posso deixar de olhar o chão. Sinto o dedo nu.

Ele encomenda uma aliança igual. Adoro a certeza que ele tem da abundância, simples ao extremo, um pé-de-chinelo generoso, perdulário quando preciso. Como quando chega do mercado com caixas de vinho, cogumelos, cervejas artesanais e queijo mofado, e sinto como se ele tivesse voltado com um búfalo da caçada. Meu herói.

Uma aliança nova. Talvez eu esqueça.

+

A diferença entre aqui e o inferno deve ser só uma ausência. Lá não tem. Nada mais terrível do que o que é real aqui e hoje. Lá só não tem. Não tem a mão dele na minha enquanto eu soluço.

O parto dói menos.

Perdi meu tamanho. Tento me adaptar, sem saber se vale a pena ou se é melhor deixar-me devorar pelos porcos.

+

No tempo em que eu era insossa
minhas amigas me diziam:
"Vai ficar pra titia
e vai cuidar do meu filho."
Depois ele veio e me amou
e danamos a fazer menino
até eles começarem a morrer.
Fiquei me achando passada
abismal
mas ele me queria ainda.
Toda vez que ele entrava
eu pensava na morte
no dia da seca e da impotência.
Ele parece que não entendia
vivia hoje
me achava linda.

Ser feliz me dava uma sensação de culpa, de medo. Nunca levei isso muito a sério. Nunca imaginei que teria razão.

+

Venço o dia de hoje, sem querer de fato que ele passe. Porque depois do hoje vem o amanhã, e o amanhã eu não sei. Hoje trabalho, e espero, e estou cansada.

+

Hoje é tempo de carpir
recusar o vinho
rejeitar o pão.

Ontem não vai passar.

sol mortiço
paus crocantes
folhas tenras teimam
nas árvores

não saber
se amanhã chove.

+

Os ipês florescem. Os cor-de-rosa soltam suas primeiras flores, ainda antes de lhes caírem as folhas todas.

Consolo que dói.

Procuro a forma que fale aquilo que emudeço.
Coberta de vergonha, mas eu não fiz nada
não fiz nada não fiz nada
além de insistir na vida, de ser carola
de gostar de ser carola
gostar mais de beijo que tapa e de trepar na minha cama
na minha casa todo dia com o pai das minhas filhas.

O sangue que eu perdi não foi de metáfora
nem os filhos.
Me deixe em paz.

A labareda lambia o flanco da serra. Erguia-se, crepitava, faminta por devorar a montanha. Subira durante a noite, noite de muito vento, os galhos das árvores golpeando as janelas do chalé, embaixo, no vale.

Quando o céu do cerrado se turva na seca, é nuvem de fogo, nunca de água. Em alguns minutos, a fumaça branca que partia do topo da serra se fez cinzenta, e vimos as primeiras chamas. A língua dourada, alteando-se sobre as árvores, dava gana de correr, mas atraía o olhar.

Do cume ela mergulhou, devagar, pela outra face do morro. No fim da tarde, o sol tombando, vimos o morro recortado por linhas vermelhas, de ponta a ponta, consumindo pacientemente a vegetação. Fossem as linhas verticais, seria exatamente como um vulcão em erupção, a lava escorrendo lentamente.

No dia seguinte, o fogo ainda queimava, mais tímido, talvez detido por alguma estrada, talvez simplesmente farto.

Nas estradas do Goiás, o cerrado ardia. Setembro, a morte já me habitava.

Uma mão grossa me espreme o peito lá dentro da caixa, coração em punho. A dor do espírito é física. Pelo canal vaginal ela penetra,
cureta.

O sangue que corre tem cheiro bom
de parto.

Sangrar é a cabeça zoada, a calça melada, a carreira pro SOS, a pressão oito por quatro, as hemáceas pela metade. Meu sangue é matéria
que enche garrafas, bacias.

À merda com as metáforas.

As pessoas nascem e depois morrem. Normalmente passa um tempo entre uma coisa e outra. Com ele foi ao contrário: quis nascer depois. Veio pequenininho, pouco menor que meu indicador.

— Era menino ou menina?
— Não dava pra saber ainda.
— Ele tinha cabelo?
— Não, era muito pequenininho. Parecia um passarinho sem pena, assim que sai do ovo.
— Ele tinha bico?

Enquanto ela perguntava, corria atrás de uma bolinha perereca, rindo sempre.

+

Pensar em silêncio. Provar a dor no privado, sem espetáculos.

Nu saí do ventre da minha mãe, e nu voltarei.

Quando já carregava, sem saber, um coração estático, sonhava com água, chuva, e araras coloridas na janela.

A vida insiste. Ela tem o preço do sangue, que a gente paga e depois espera.

A medida da nossa esperança é a nossa resposta diante da morte.

O tempo vira.

+

Quando meu filho morreu, virei arara, e saí aos gritos pelo céu sem nuvens, da minha cor. Vi, do alto, o fogo lambendo o flanco da chapada, e escutei o crepitar das árvores tortas.

Não sei se arara chora, ou se o voo explodido serve de lamento. Sei que subi, subi, subi,
subimos.

Limpo a casa inutilmente, enquanto lá fora rebentam os sacos de lixo, e o vento espalha o plástico por toda parte. Lavo as cortinas, antes que acabe a água.

Choro, enquanto o céu azul.

Queria começar de novo, ressuscitar os rios.

Sonhei que escalava uma árvore, usando somente as mãos e os joelhos.

Às vezes, só o silêncio.

\+

Ouvi um zumbido. Afastei a cortina, pensando em marimbondo. Mas era abelha.

\+

Para que haja a ressureição, é preciso alguma coisa que não morre. Um resto, de onde brotará tudo.

Parei de tentar fazer poesia. Precisava contar o que me acontecia de um jeito fluido, corrente, como um rio. Como um fluxo de sangue. A síntese me exauriu.

Ficou marcada na palma da minha mão a leveza de seu corpinho. Quando eu sentia saudades, abraçava uma mão na outra, esfregava o polegar esquerdo na depressão da mão direita. Foi onde ele se deitou quando veio à luz, então já trevas.

Ficou marcada na minha vagina a sensação dos coágulos escorrendo, represados pelo modess. Quem imita esse vermelho escuro, negro? Vagina por onde entrava e saía vida, entrava ele, saíam elas. Não era pra sangrar.

Mas se a gente se recusasse a olhar na cara da morte, adormecia, vegetava. Era preciso ver aquela foice, aquele manto negro, vermelho, pra despertar.

Alguns comem para se sentirem vivos. Outros matam. Outros, ainda, fazem sexo. Eu preferia o sexo, mas desconhecia seus perigos. Três meses depois do sexo, eu sangrava, desmaiava, sentia ânsia de vômito, deitava no chão. Morria.

Esse sangue combinava com água salgada. Eu queria aquele pra tomar com leite.

Não era pra sangrar.

Não nasci pra subir. Nasci pra varrer chão e esfregar panela. Não ligo. Não subo porque não ligo.

Aquele lugar aonde todos queriam chegar, aquele lugar eu desprezava. Fugia das ruas onde se acotovelavam as pessoas, passem, passem, e quando todos passavam, ficava olhando a poeira baixar e me punha a recolher os papéis de bala, as bitucas de cigarro, as embalagens de biscoito. Sentada no meio-fio, via saltarem das fendas as tiriricas. Dentro dos bueiros eu achava vincas, goiabeiras. Ou então, se não chovia, era ver o fogo comendo as árvores tortas.

— Vai limpar a cova do neném.

Ele ia. Papéis de bala, bitucas de cigarro, embalagens de biscoito. Davam em cima aquelas florzinhas miúdas, parecendo margaridas abortadas, que quando secam se viram do avesso querendo ser dente-de-leão. Foi nessa cova miserável que o sepultamos. Ele chorava enquanto fazia a limpeza. Mas ele ficou com um buraco de terra, dentro um corpo. Eu fiquei com um buraco de carne, oco.

Fiz um pacto com o silêncio: eu lhe seria submissa enquanto ele guardasse meu filho.

Imagino este hematoma no útero, e este sangue marrom que escapa e me apavora, como uma cicatriz na alma. A madre ferida chora. As semanas que conto ao revés pingam, devagar, devagar, devagar. 39, 38, 37... Agora faltam 30.

Recebo feliz o repouso, com um pouco de receio de engordar demais. Sinto falta das caminhadas e do sexo, mas amo a cama.

+

Leio Nancy Huston e o problema da mulher escritora. A obra de arte associada ao feminino, enquanto seu criador é *O*. Polarização que atormentou casais como Beauvoir e Sartre, Hughes e Plath. Momento em que foi preciso rejeitar a feminilidade para se tornar uma verdadeira *escritor*.

Não era preciso assassinar a madre, assassinar a criança e depois suicidar-se. Era ouvir os meninos, coser as meias e poetar em paz, sem não-podes e tem-ques.

Me faltava a parcela de sofrimento indispensável pra me fazer grande.

Tinha só aquele filho de 5cm que me saiu na palma da mão, deixando ali, na madre e na alma, uma marca indelével. De resto, minha dor era igual à de todo mundo; quiçá menor.

Era possível escrever escolhendo a vida?

+

A barriga cresce, elas fingem que não veem.

Ela vai para a mesa de dissecção. Para a lâmina do laboratório. Não vai, como o outro, tentar fertilizar inutilmente uma terra estéril.

Eu examinava diariamente a barriga, querendo-a maior, e a cada xixi o papel, querendo-o limpo. Agora procuro fiapos de sangue, enquanto espero que o útero se contraia.

De dia não quero mais. Quero escrivaninhas, roupas novas, quero limpar a casa de qualquer marca de bebê. De noite, as tripas se contorcem.

No fim, éramos nós dois. Só você podia me esquentar o sangue, só seu corpo enroscado no meu. O frio não ia passar com cobertas, roupas, meias.

Não eram os filhos; era você pai dos meus filhos. Era o que você plantava em mim, e depois o que você virava, o que virávamos nós, um o outro, um no outro. Talvez por isso doesse tanto que a semente fosse gorada. E agora, o que faríamos juntos? O que seríamos juntos, um o outro, um no outro? Era só anestesia?

No fim, era só de você que eu sentia falta. Elas não eram minhas, nunca foram. E o tempo todo era a sua mão que eu não podia soltar, era o sem você que era insuportável. Sermos um os dois não me anestesiava; me fazia tão viva que doía. Sermos um era vida, com seus vales de morte. Juntos, era chorar, era não suportar.

Juntos, a carne não podia virar pedra.

Talvez não haja nada tão obsceno quanto ser mulher de um homem só. Para todo o sempre, e depois do sempre.

+

Perder tanto sangue me fez intolerante à oratória. À anemia eu sacrifiquei o neocórtex, para que as tripas seguissem pulsando.

Não tive raiva de Deus. Minha gratidão quando elas vinham era maior que minha revolta quando não vinham. Senti, sim, certo abandono, e silenciei. Era como quando você chegava tarde, e depois de muito esperar eu caía no sono, sozinha, depois de desligar o celular. Uma pequena vingança, impedir você de me achar.

Eu me conformava, tudo bem, essas coisas acontecem. Fraca e cansada demais pra qualquer indignação. No escuro, encolhida entre as cobertas, tentando inutilmente me aquecer, a solidão era completa. Mas no quarto ao lado ouvi uma delas se mexendo, uma delas gemendo, tossindo, uma delas respirando. E adormeci, quase em paz.

De dia eu elaboro. De noite, choro.

e eu quero memória acesa
depois da angústia apagada.
(C.M.)

+

Ser sepulcro. Levar a morte na madre, e ser incapaz de decompor o morto, de absorver o que ali foi gerado. É preciso expulsá-lo, enviá-lo a uma outra tumba, definitiva.

Por que não o posso consumir, ir desengravidando aos poucos, voltar o filme, ver a barriga diminuindo dia a dia, até que ele desapareça completamente, como arrebatado, incorporado a mim para sempre? Por que a morte precisa deixar aqui seus cadáveres?

+

Se eu fosse bonita, doía menos? Se fosse magra, doía menos?

Todas as noites morro
todas as manhãs ressuscito

Sou planta de pleno sol
intolerante às trevas

+

Pela primeira vez senti que o sofrimento não tinha serventia. Não ia me tornar melhor, mais forte. Só o início de uma inevitável decadência.

A dor era ruim, apenas.

+

A única dor que eu suporto é a do parto.

Foi me dando um medo de escrever. Não queria ser profeta, mas os troços iam acontecendo, feito maldição.

Até o mar me feriu, até ele me quis tirar os filhos. A mim, que nunca o desprezei, que nunca passei dos corais, que o queria só no manso.

Há um monstro, a boca aberta, arfando no meu cangote.

+

Quem é esta feiticeira que me chama, a foice em punho, o capuz negro encobrindo a cara? Mostra o caminho, um rio rubro, viscoso, correndo devagar e contínuo. Promete que não vai doer. É só um desfalecer doce do corpo, fecha os olhos, dorme.

Em cada uma das mãos me exibe um pequeno feto, e diz, sedutora: "Vem buscar. São teus".

Vou, mas não agora.

Diz que se você regar um ipê ele não floresce. A florada do ipê é um ato de desespero. Na iminência da morte, ele pede aos insetos, aos beija-flores, que o fecundem. E no auge do estio, abre as bagas desidratadas e solta as sementes de asas transparentes.

Só quem sofre continua.

POSFÁCIO

Alexandre Pilati.

Estanca, de Lia Miranda, é um livro que pendura a vida de uma mulher entre duas árvores: a Barriguda e o Ipê. Entre essas duas imagens tão delicadas quanto graves, há um percurso costurado com a mais fina poesia. As três partes da obra compõem uma estrutura de diário íntimo e doméstico. Mas aqui o diário, tratado pelo talento poético da autora, restringe-se apenas ao que é essencial para. Tudo que é supérfluo se descarta, em função daquilo que revela a condição existencial, política e humana da voz.

E tal condição só se revela através daquele que pode ser considerado o tema fundamental de *Estanca*: a palavra, a escrita e o quanto elas são talvez as formas mais adequadas à expressão da dor, da esperança, dos desejos e da beleza que existe em permanecer viva e em busca. Por isso, a poética de Lia Miranda se apresenta como algo prosaico, trivial, cotidiano e orgânico. Nunca é à toa o recurso às imagens da natureza que se apresentam sempre na relação com a voz que fala ao leitor. É o que ocorre, por exemplo, com a espera da chuva, tão constante que equivale a certo tipo de simbologia da prisão dos horizontes e da voz poética.

O tom escolhido por Lia Miranda para falar da vida, da natureza e dos sentimentos é extremamente preciso. Ele diz respeito a uma dialética entre o grito e o poema, entre o falar e o silêncio, entre sentimentos que se lançam ao mundo e sentimentos que se guardam bem fundo. Esta dicção, tendencialmente expressa em modo menor, abastece-se ainda de uma certa raiva calma, que é a força da poesia contra "a vitalidade arrogante das coisas úteis". Mas escrever não é só espaço de desconforto e de confronto. A escrita em *Estanca* é também espaço de descanso e de depuração, um espaço aberto à catarse dos sentimentos, que cria as condições necessárias para a elaboração da dor e que permite à vida florir novamente.

Assim, o saldo poético de *Estanca* é sempre positivo e a favor de uma lúcida percepção de que a vida precisa ir adiante, apesar da sombra de morte e da impressão de sangue que se grava em muitos dos textos, tanto quanto na vida de cada um de nós. Poesia escrita pelo prisma feminino e que jamais se simplifica na pura afirmação, a arte de Lia Miranda conserva-se sempre bela e profundamente visceral.

O que a obra nos dá é a poesia, mais como sentido do que como sentimento; como uma espécie de tato. *Estanca* deixa a pele sobre a realidade de cada coisa, de cada sentimento para deixar-se realizar e vencer o destino da mulher entregue ao silêncio. Diz-nos a autora: "Procuro a forma que fale aquilo que emudeço". O falar, todavia, porque é sobretudo poesia, jamais se anuncia absoluto e desvestido de humildade, posto que é dono de uma sabedoria relacionada ao tamanho da realidade que, às vezes, se impõe avassaladora sobre a palavra: "O sangue que perdi não foi de metáfora/ nem os filhos./Me deixe em paz".

O principal convite que nos faz *Estanca* é para que possamos estar abertos a imergir nesse tecido de tempos, composto pela sua prosaica poesia. São tempos que passam por nós e para nós, dentro e fora, no ventre da mãe ou na natureza, interconectados dinamicamente. A tarefa do leitor desta poesia é encontrar para tal dinâmica um sentido, que o livro anuncia sempre, com a sutileza de quem abraça uma fé e constrói para si uma mitologia simples, uma religião humana, que não deseja outra coisa além de melhor entender que destino é digno de nós, que destino está à altura de nossas melhores e mais comezinhas esperanças. Um compreender que deriva do sentir é o melhor presente que dá a poesia; e este presente está aqui oferecido, em cada página deste belíssimo *Estanca*.

KOTTER
EDITORIAL

Este livro foi impresso em papel pólen soft 80g
tipografia Minion Pro 12, no verão de 2019